AF130210

Vincent und Karl

Letzte Mission Liebe

Alisa Kevano

© 2024
likeletters Verlag
Inh. Martina Meister
Legesweg 10
63762 Großostheim
www.likeletters.de
info@likeletters.de

Autorin: Alisa Kevano
Bildquelle: Midjourney

ISBN: 9783689490003

Teilweise kam für dieses Buch künstliche Intelligenz zum Einsatz.

*Dies ist eine frei erfundene Geschichte.
Ähnlichkeiten mit real existierenden Personen sind zufällig und nicht beabsichtigt.*

Inhaltsverzeichnis

Kapitel 1

Vincent stieg aus dem Zug und ließ seine Augen über den kleinen, verschlafenen Bahnhof von Friedbachtal schweifen. Es war der erste warme Tag des Frühjahrs, und das Sonnenlicht tauchte die alten Backsteinbauten in ein sanftes Gold.

Doch trotz der vertrauten Schönheit der Szenerie fühlte sich Vincent fremd. Er war gerade von einem Einsatz in Mali zurückgekehrt, wo die Bundeswehr im Rahmen einer UN-Friedensmission stationiert war. Die Monate dort waren hart gewesen, geprägt von Hitze, Staub und der ständigen Anspannung eines unsicheren Friedens.

Als er seinen schweren Rucksack enger auf die Schulter zog, ließ er den Blick über die kleine Menschenmenge schweifen, die auf die Ankunft des nächsten Zuges wartete. Familien, die sich umarmten, ein paar Pendler, die hastig ihre Tickets überprüften. Niemand war hier, um ihn zu begrüßen. Seit dem Tod seiner Eltern vor einigen Jahren und der darauf folgenden Entfremdung von seinem Bruder fühlte er sich oft isoliert.

Er machte sich auf den Weg zu der kleinen Wohnung, die er vor seinem Einsatz untervermietet hatte. Die Straßen von Friedbachtal waren ihm noch immer vertraut, doch alles schien irgendwie kleiner, enger. Es war, als hätte er sich in den weiten Wüsten Malis verloren und könnte nun die Grenzen seines früheren Lebens nicht mehr richtig einordnen.

Während er die Altstadtstraße entlangging, deren Kopfsteinpflaster von der Frühlingssonne gewärmt wurde, dachte Vincent über die vergangenen Monate nach. Die Gesichter seiner Kameraden, die dumpfen Geräusche der Militärfahrzeuge, die entfernten

Detonationen – all das war jetzt tausende Kilometer entfernt, und doch spürte er es tief in sich nachhallen.

Er versuchte, die Gedanken an den Einsatz zu verdrängen und sich auf das Hier und Jetzt zu konzentrieren. Die bunten Fassaden der Häuser, die kleinen Läden mit ihren ausgefallenen Schaufensterdekorationen, die ersten Frühlingsblumen, die in den Vorgärten blühten. Doch es gelang ihm nur teilweise. Die Normalität des zivilen Lebens in Friedbachtal stand in krassem Gegensatz zu seinem Alltag in der Armee.

Als Vincent schließlich vor dem Gebäude seiner Wohnung stand, zögerte er einen Moment, bevor er den Schlüssel ins Schloss steckte. Die Wohnung würde leer sein, eine bloße Hülle, die darauf wartete, wieder mit Leben gefüllt zu werden. Wie er selbst, dachte er.

Er betrat die kühle Dunkelheit seiner Wohnung und ließ die Tür hinter sich ins Schloss fallen. Die Stille umfing ihn wie eine alte, vertraute Decke. Langsam ging er durch die Räume, öffnete Fenster, um die frische Luft hereinzulassen. Er würde sich wieder einleben müssen, das wusste er. Friedbachtal war nun wieder sein Zuhause, ob es ihm passte oder nicht.

In den nächsten Tagen stand viel auf seiner Agenda. Er musste seine Post durchsehen, einige Amtsgänge erledigen und vor allem wieder Anschluss finden. Anschluss an das Leben, das er vor Mali geführt hatte. Doch irgendwie zweifelte er, ob das überhaupt möglich war.

Vincent setzte sich an den kleinen Küchentisch und starrte aus dem Fenster. Die friedliche Szenerie draußen stand in so starkem Kontrast zu seinem Inneren, dass es fast ironisch war.

Er wusste, dass er die nächsten Schritte machen musste, aber im Moment war alles, was er tun konnte, durchzuatmen und sich dem Gefühl der Heimkehr hinzugeben.

Während Vincent sich in der Stille seiner Wohnung mit seiner Rückkehr auseinandersetzte, war Karl auf der anderen Seite von Friedbachtal in einer ganz anderen Welt gefangen. Umgeben von Plakaten, Informationsbroschüren und einer bunten Mischung aus Dekorationsmaterialien für die bevorstehende Friedenswoche, war Karl ganz in sein Element vertieft. Die Friedenswoche war das Highlight des Jahres in Friedbachtal, eine Veranstaltung, die nicht nur lokale, sondern auch nationale Bedeutung hatte. Als einer der Hauptorganisatoren trug Karl eine große Verantwortung auf seinen Schultern.

In seinem kleinen Büro im Gemeindezentrum saß Karl vor seinem Laptop, tippte E-Mails, plante Meetings und koordinierte die letzten Vorbereitungen. Der Raum um ihn herum war gefüllt mit dem leisen Summen des Druckers und gelegentlichen Anrufen von Freiwilligen oder lokalen Geschäften, die ihre Unterstützung anboten.

«Karl, hast du die Bestätigung für den Redner am Eröffnungstag?», rief Elsa durch die halbgeöffnete Tür, während sie einen Stapel Flyer in den Händen hielt.

«Ja, alles klar! Professor Maier hat zugesagt. Ich habe seine Unterlagen gerade erhalten, und alles sieht gut aus», antwortete Karl, ohne den Blick von seinem Bildschirm zu nehmen. Elsa nickte und verschwand wieder, um sich um ihre Aufgaben zu kümmern.

Karl lehnte sich zurück und rieb sich die Augen. Die Vorbereitungen liefen auf Hochtouren, und obwohl er stolz auf das war, was sie jedes Jahr erreichten, fühlte er den Druck, alles perfekt zu machen. Er wusste, wie wichtig die Friedenswoche für die Stadt und für die vielen Menschen war, die daran teilnahmen. Es ging nicht nur um die Veranstaltung selbst, sondern um das, was sie repräsentierte: Ein Zeichen der Hoffnung und des Engagements für eine bessere, friedlichere Welt.

Plötzlich klingelte sein Telefon. Karl griff schnell danach, bereit, das nächste Problem zu lösen. Doch am anderen Ende war seine Mutter, die einfach nur hören wollte, wie es ihm ging. Karl lächelte, dankbar für die kurze Ablenkung.

«Mir geht's gut, Mama. Nur ein bisschen gestresst, du weißt ja, wie das ist. Aber es läuft alles nach Plan», versicherte er ihr.

«Ich bin so stolz auf dich, mein Junge. Dein Vater wäre das auch», sagte sie mit weicher Stimme. Karls Vater war vor einigen Jahren verstorben, aber seine Leidenschaft für soziale Gerechtigkeit und Frieden hatte Karl tief geprägt.

Nach dem Telefonat starrte Karl einen Moment aus dem Fenster. Er dachte an seinen Vater, an die vielen Lektionen über Mut und Mitgefühl. Dann sammelte er sich und kehrte zu seiner Arbeit zurück. Es gab noch viel zu tun, und die Zeit drängte.

Die nächsten Tage würden eine Flut von Aktivitäten mit sich bringen: Workshops, Diskussionsrunden, Kunstausstellungen und die Eröffnungszeremonie. Karl fühlte sich manchmal überwältigt von der Vielfalt und Bedeutung der Themen, aber gleichzeitig war es genau das, was ihm Energie gab. Er war bereit, sich den Herausforderungen zu stellen und dabei zu helfen, seine Vision einer friedvollen Welt Wirklichkeit werden zu lassen.

Kapitel 2

Es war ein sonniger Nachmittag, als Vincent beschloss, einen Spaziergang durch die belebten Straßen von Friedbachtal zu machen, um den Gedanken und Erinnerungen, die ihn in seiner Wohnung umgaben, zu entfliehen. Er schlenderte ziellos durch die Gassen, beobachtete die Menschen, die entspannt in Cafés saßen oder durch die kleinen Boutiquen bummelten. Der Alltag hier war so anders als das, was er in den letzten Monaten erlebt hatte.

Unweit des zentralen Marktplatzes, wo die Vorbereitungen für die Friedenswoche in vollem Gange waren, stand Karl, der mit einem Freiwilligen über die Anordnung der Stände diskutierte. Die bunten Banner flatterten im Wind, und überall waren Menschen damit beschäftigt, ihre Beiträge zur Woche vorzubereiten.

Vincent, der sich langsam dem Trubel näherte, fühlte sich von der Atmosphäre angezogen, obwohl er normalerweise solchen Veranstaltungen fernblieb. Seine Neugier siegte, und bald fand er sich mitten im Geschehen wieder, betrachtete die Informationsstände zu verschiedenen Friedensinitiativen und hörte den Gesprächen zu, die um ihn herum geführt wurden.

«Kann ich Ihnen helfen? Sie sehen aus, als wären Sie neu hier», hörte Vincent plötzlich eine Stimme neben sich.

Er drehte sich um und sah in die aufmerksamen Augen von Karl, der ein freundliches Lächeln auf den Lippen trug.

«Oh, äh, nein, ich bin nur...», begann Vincent, unsicher, wie er erklären sollte, dass er zwar kein Fremder war, aber sich dennoch wie einer fühlte. «Ich bin gerade zurückgekommen. Aus Mali. Ich war dort beim Militär», fügte er etwas unbeholfen hinzu.

Karl nickte interessiert.

«Das muss eine intensive Erfahrung gewesen sein. Willkommen zurück in Friedbachtal. Ich bin Karl, einer der Organisatoren dieser Woche. Es geht uns darum, ein Bewusstsein für Frieden zu schaffen und zu zeigen, wie jeder Einzelne dazu beitragen kann.»

Vincent nickte, beeindruckt von Karls offensichtlicher Leidenschaft für das Thema.

«Das klingt wichtig. Ich muss zugeben, dass ich von diesen Dingen nicht viel verstehe. Im Militär bekommt man zwar auch eine Perspektive auf Frieden, aber sie ist… anders. Es geht oft mehr um Sicherheit und Stabilität durch Präsenz und manchmal Zwang, weniger um den Dialog und das Verständnis, das ihr hier fördert.»

Die beiden Männer tauschten einen langen Blick aus, in dem eine Mischung aus Respekt und vorsichtigem Abtasten lag.

Karl war fasziniert von dem Kontrast zwischen ihnen: ein Soldat, der gelernt hatte, Frieden durch Stärke zu sichern, und ein Friedensaktivist, der auf Verständigung und gemeinschaftliche Lösungen setzte. Doch beide waren getrieben von dem Wunsch, die Welt zu verstehen und vielleicht sogar zu verbessern.

«Vielleicht möchten Sie sich einige der Vorträge anhören oder an den Workshops teilnehmen. Es könnte eine interessante Erfahrung für Sie sein, die Perspektive zu wechseln», schlug Karl vor, seine Stimme warm und einladend.

Vincent überlegte einen Moment, dann nickte er.

«Vielleicht sollte ich das wirklich tun. Danke, Karl.»

Sie verabschiedeten sich mit einem Händedruck, der länger anhielt als nötig, und als Vincent weiterging, spürte er eine seltsame Mischung aus Neugier und Unbehagen.

Karl hingegen beobachtete ihn, wie er sich entfernte, und empfand eine unerwartete Bewunderung für den Mann, der so anders war als er selbst, aber doch irgendwie ähnlich.

Kapitel 3

Nach ihrer ersten Begegnung gingen Karl und Vincent jeder für sich weiter, doch die Worte des anderen hallten in ihren Köpfen nach. Während sie sich voneinander entfernten, konnten beide jedoch nicht leugnen, dass auch eine gewisse körperliche Anziehung zwischen ihnen geschwelt hatte. Vincent, immer noch in Gedanken versunken, schlenderte durch die belebten Straßen von Friedbachtal.

Die Art, wie Karl von Frieden gesprochen hatte, war nicht das Einzige, was ihn beeindruckt hatte. Er erinnerte sich an Karls ausdrucksstarke Augen, die so leidenschaftlich gefunkelt hatten, als er von seinen Idealen sprach. Es gab etwas an Karl, das Vincent unerwartet fesselte – etwas, das über ihre kurze Unterhaltung hinausging.

Gleichzeitig saß Karl wieder in seinem Büro und ließ seine Gedanken zu dem kürzlichen Treffen schweifen. Karl fand sich immer wieder dabei, wie er an Vincents markante Erscheinung dachte. Sein ernster, nachdenklicher Blick hatte etwas Geheimnisvolles, das Karl neugierig machte.

Vincent war offensichtlich durch seine Erfahrungen geprägt, aber es war eine Tiefe in ihm, die über das Militärische hinausging. Und trotz der Schwere, die Vincent mit sich trug, gab es eine unterschwellige Wärme in seinem Wesen, die Karl nicht übersehen konnte.

Während Vincent weiterging, fühlte er, wie die Last seiner Erlebnisse ihn niederdrückte, doch gleichzeitig spürte er eine seltsame Art von Hoffnung, die mit den Worten und dem Blick von Karl begonnen hatte.

Vielleicht gab es tatsächlich eine andere Art zu leben, zu lieben und zu interagieren, als er sie kannte. Die Möglichkeit, dass Karl mehr als nur ein Friedensaktivist für ihn sein könnte, begann, sich leise in seinem Bewusstsein einzunisten.

Karl, der noch immer an seinem Schreibtisch saß, war bewegt von Vincents Offenheit und spürbaren Suche nach einem Platz, an dem er sich wiederfinden könnte. Es war mehr als nur berufliches Interesse, das Karl dazu brachte, über die Friedenswoche hinaus zu denken. Er fühlte sich zu Vincent hingezogen, zu seiner komplexen Natur, und wollte mehr erfahren, ihn besser verstehen.

Beide Männer lagen später in ihren Betten, getrennt durch die Stille der Nacht, doch verbunden durch ihre unerwartete Begegnung. Die zufällige Begegnung hatte nicht nur Gedanken an Frieden und Verständnis angeregt, sondern auch das Potenzial für eine tiefere, persönliche Verbindung entfacht.

Ihre Gedanken kreisten jeweils nicht nur um die Ideale des anderen, sondern auch um die Möglichkeit einer Beziehung, die jenseits ihrer beruflichen Rollen Bestand haben könnte. In der Ruhe des Abends fühlten sich beide weniger allein, gebunden durch ein geteiltes Streben nach einem tieferen, bedeutungsvolleren Frieden und vielleicht, ganz vielleicht, nach etwas noch Persönlicherem.

Kapitel 4

Der zweite Tag der Friedenswoche war in vollem Gange, als Vincent sich widerwillig entschied, noch einmal das Gelände zu besuchen, wo die Veranstaltungen stattfanden. Er hatte den gestrigen Tag mit gemischten Gefühlen verlassen, beeindruckt von Karls Einsatz, aber auch überwältigt von der Fülle an neuen Perspektiven, die ihm fremd waren. Doch etwas zog ihn zurück, vielleicht die Hoffnung, Karl wiederzusehen und das Gespräch fortzusetzen, das in ihm nachhallte.

Als er das Zentrum erreichte, war der Platz lebendig mit Menschen, die sich von einem Stand zum anderen bewegten, diskutierten und lachten.

Vincent fühlte sich wie ein Außenseiter, doch fasziniert von der Energie, die das Fest umgab. Er schlenderte zwischen den Ständen durch, seine Augen suchten nach Karl, wobei er sich nicht sicher war, was er sagen würde, wenn er ihn fände.

Plötzlich hörte er eine vertraute Stimme.

«Vincent! Schön, dich wieder zu sehen. Wie geht es dir heute?» Karl stand ein paar Meter entfernt, ein Stapel Broschüren in der Hand, und lächelte ihn warm an.

Vincent spürte, wie eine Welle der Erleichterung durch ihn hindurchging.

«Hallo, Karl. Ich bin, ähm, ich bin zurückgekommen, weil ich mehr erfahren wollte. Deine Worte gestern haben mich zum Nachdenken gebracht.»

Karl trat näher, sein Lächeln wurde breiter.

«Das freut mich zu hören. Es gibt gleich eine Diskussionsrunde zum Thema ‚Frieden durch Kunst'. Ich denke, das könnte interessant für dich sein. Möchtest du mitkommen?»

Zögernd nickte Vincent und folgte Karl zu einem kleinen, abseits gelegenen Pavillon, wo einige Stühle im Halbkreis aufgestellt waren. Sie setzten sich in die vordere Reihe, und während sie warteten, dass die Diskussion begann, nutzte Karl die Gelegenheit, das Eis zu brechen.

«Ich habe gestern viel über unser Gespräch nachgedacht», begann Karl. «Du hast eine ganz andere Welt gesehen als ich. Ich kann nur von Frieden sprechen, weil ich das Privileg hatte, nie direkt im Konflikt zu stehen. Ich schätze, dass du einen ganz anderen Blick darauf hast, was Frieden wirklich bedeutet.»

Vincent sah Karl an, beeindruckt von seiner Fähigkeit, so offen und ehrlich zu kommunizieren.

«Ja, das stimmt. Ich habe gesehen, wie zerbrechlich Frieden sein kann und wie viel Arbeit es wirklich kostet, ihn zu bewahren. Aber ich sehe auch, wie wichtig deine Arbeit hier ist. Es geht um mehr als nur um Sicherheit; es geht darum, eine Gemeinschaft zu schaffen, die auf Verständnis und Respekt basiert.»

Die Diskussionsrunde begann, und während die Sprecher ihre Ansichten über die Rolle der Kunst im Friedensprozess darlegten, fand sich Vincent immer wieder dabei, wie er Karls Reaktionen beobachtete. Es gab eine Leidenschaft und eine Tiefe in Karls Engagement, die Vincent sowohl faszinierte als auch herausforderte.

Als die Veranstaltung endete, verließen die beiden den Pavillon, und Karl fragte: «Wie fandest du die Diskussion?»

«Es war anders als alles, was ich erwartet hätte», antwortete Vincent nachdenklich. «Es hat mir gezeigt, dass es viele Wege gibt, zur Friedensförderung beizutragen, und Kunst ist definitiv einer davon, den ich bisher nicht bedacht hatte.»

Karl nickte, sichtlich erfreut über Vincents Offenheit.

«Ich bin froh, dass du offen bist, neue Perspektiven zu erkunden. Es bedeutet viel, jemanden wie dich dabei zu haben.»

Das Kompliment ließ Vincent lächeln, und zum ersten Mal seit seiner Rückkehr fühlte er sich nicht mehr ganz so verloren. In Karls Gesellschaft begann er zu ahnen, dass vielleicht auch für ihn ein Platz in dieser Welt der friedlichen Bestrebungen sein könnte.

Nach der anregenden Diskussions-runde beschloss Vincent, Karls Einladung zu einem weiteren Workshop zu folgen. Der Workshop mit dem Titel «Brücken bauen: Dialog als Werkzeug des Friedens» versprach, Vincents wachsendes Interesse an Karls Arbeit weiter zu vertiefen. Die Energie und Offenheit, die Karl ausstrahlte, waren anziehend, doch in Vincent regte sich auch eine gewisse Skepsis – ein Gefühl, das sich aus seiner militärischen Prägung speiste.

Als sie den Raum betraten, der für den Workshop vorbereitet worden war, fühlte Vincent die Nervosität in sich aufsteigen. Er war es gewohnt, in Umgebungen zu agieren, in denen Befehle und Hierarchien dominierten, nicht Dialog und Offenheit.

Karl begann den Workshop mit einer leidenschaftlichen Erläuterung über die Bedeutung des Zuhörens und Verstehens in Konfliktgebieten – Themen, die

Vincent nur allzu gut aus seiner eigenen, jedoch sehr unterschiedlichen Perspektive kannte.

«Dialog bedeutet nicht nur, zu sprechen, sondern vor allem, zuzuhören», erklärte Karl energisch. «Es geht darum, die Perspektive des anderen zu verstehen, ohne sofort zu urteilen.»

Vincent fühlte sich herausgefordert. Während einer Übung, bei der die Teilnehmer ihre früheren Konflikterfahrungen teilen sollten, äußerte Vincent seine Ansicht, dass manche Konflikte nicht allein durch Dialog gelöst werden können.

«Manchmal», sagte er mit einer festen Stimme, die einige Blicke auf sich zog, «ist die Realität komplizierter, und gute Absichten reichen nicht aus.»

Karls Blick verhärtete sich kurz, bevor er antwortete.

«Das ist ein wichtiger Punkt, Vincent. Aber denkst du nicht, dass der Dialog zumindest der Anfang sein muss?»

Die Diskussion, die darauf folgte, war intensiv und enthüllte eine Kluft zwischen Karls idealistischer Vision von unbegrenzter Kommunikation und Vincents pragmatischerer, durch seine Erfahrungen gehärteter Sichtweise. Andere Teilnehmer schalteten sich ein, und der Workshop entwickelte sich zu einer lebhaften Debatte über die Grenzen und Möglichkeiten des Dialogs in der Friedensarbeit.

Nach dem Workshop blieb eine gewisse Spannung zwischen Karl und Vincent zurück. Während sie den Raum verließen und sich auf den Weg zu einem Café machten, um den Abend ausklingen zu lassen, war die Atmosphäre geladen. Vincent schätzte Karls Idealismus, begann jedoch zu zweifeln, ob seine Ansichten in der harten Realität, die er kannte, Bestand haben könnten.

«Ich schätze wirklich, was du hier tust, Karl», sagte Vincent schließlich, als sie ihre Getränke bekamen. «Aber ich bin nicht sicher, ob ich ganz deiner Meinung sein kann. Manchmal braucht es mehr als Worte, um Frieden zu schaffen.»

Karl nickte nachdenklich.

«Ich verstehe, was du meinst, Vincent. Lass uns weiter darüber reden. Ich glaube, wir können viel voneinander lernen.»

Die Einladung zu weiterem Dialog ließ Hoffnung aufkeimen, dass trotz ihrer unterschiedlichen Ansichten eine Brücke zwischen ihnen gebaut werden konnte.

Kapitel 5

Nach dem intensiven Workshop und dem konfliktreichen Austausch im Café beschlossen Karl und Vincent, das Gespräch bei einem Spaziergang durch die Altstadt von Friedbachtal fortzusetzen. Das Wetter war mild, und die abendliche Sonne tauchte die Straßen in ein sanftes Licht, das eine entspannende Atmosphäre schuf. Trotz der angespannten Diskussion fühlten beide eine gewisse Erleichterung, aus dem geschlossenen Raum heraus und in die frische Luft zu kommen.

Während sie nebeneinander hergingen, berührten sich gelegentlich ihre Arme, und jeder spürte die Wärme des anderen. Diese unbeabsichtigten Berührungen schienen die verbleibende Spannung langsam aufzulösen und eröffneten einen Raum für tiefere, persönlichere Gespräche.

Karl brach das Schweigen.

«Weißt du, Vincent, ich habe noch nie so direkt mit jemandem gesprochen, der aus einer so ganz anderen Welt kommt wie du. Es öffnet wirklich meine Augen… und ich schätze deine Ehrlichkeit und deine Perspektive sehr.»

Vincent sah zur Seite, überrascht und berührt von Karls Offenheit.

«Danke, Karl. Ich… ich finde es nicht immer leicht, über meine Erfahrungen zu sprechen. Im Militär lernt man, seine Gefühle ziemlich für sich zu behalten.»

Während sie durch die von alten Linden gesäumte Straße schlenderten, nutzte Karl die ruhigere Umgebung, um das Gespräch zu vertiefen.

«Erzähl mir mehr über deine Zeit im Ausland, Vincent. Was waren die größten Herausforderungen, denen du dich stellen musstest?»

Vincent zögerte einen Moment, bevor er antwortete. Die Abendsonne warf lange Schatten, und er schien nach den richtigen Worten zu suchen.

«Es gab viele schwierige Momente… aber eines der härtesten Dinge war die Konstante Ungewissheit. Man wacht jeden Tag auf und weiß nicht, was passieren wird. Und dann ist da noch der Druck, ständig stark sein zu müssen, für deine Kameraden und für dich selbst.»

Sie machten eine kurze Pause an einer Bank und setzten sich. Vincent schaute kurz auf seine Hände, bevor er fortfuhr.

«Einmal waren wir auf Patrouille, und wir gerieten in einen Hinterhalt. Es war chaotisch, laut… und inmitten all dessen verlor ich einen guten Freund. Es war schnell vorbei, aber die Bilder… die bleiben.»

Karl nickte langsam, seine Miene von Empathie gezeichnet.

«Das klingt unglaublich hart. Es tut mir leid, dass du das durchmachen musstest.»

Vincent schüttelte leicht den Kopf.

«Danke, Karl. Es ist nur… manchmal frage ich mich, ob wir wirklich einen Unterschied machen. Ob all die Opfer es wert sind. Diese Gedanken… sie lassen einen nicht los.»

«Ich kann verstehen, wie isolierend das sein muss», sagte Karl leise. «Aber hier, Vincent, musst du nicht immer stark sein. Es ist in Ordnung, diese Gefühle zu haben und sie zu teilen. Du bist nicht allein damit.»

Vincent blickte Karl an, ein Ausdruck von Dankbarkeit in seinen Augen.

«Das bedeutet mir viel. Ich habe nicht oft die Chance, darüber zu sprechen. Die meisten Menschen verstehen nicht, oder ich will sie nicht damit belasten.»

«Du belastest mich nicht», versicherte Karl ihm. «Ich bin hier, um zuzuhören. Vielleicht können wir gemeinsam Wege finden, deine Erfahrungen in etwas Positives zu verwandeln. In etwas, das dir und anderen hilft.»

Vincent nickte, sichtlich berührt von Karls Worten.

«Das würde ich gerne versuchen.»

Nach ihrem Spaziergang führte Karl Vincent zu einem kleinen, gemütlichen Restaurant am Rande der Altstadt. Es war ein Ort, der für seine ruhige Atmosphäre und exzellente lokale Küche bekannt war. Als sie sich an einen abgelegenen Tisch setzten, schien die Wärme des Raumes und das sanfte Licht der Kerzen die letzte Anspannung zwischen ihnen wegzuschmelzen.

«Ich hoffe, das Essen hier wird dir gefallen», sagte Karl, während er die Menükarten reichte. «Dieser Ort hat einige der besten Gerichte der Stadt. Es ist ein bisschen wie ein verstecktes Juwel.»

Vincent lächelte, dankbar für die Ablenkung und die Sorgfalt, die Karl in die Auswahl des Restaurants gesteckt hatte. «Es sieht großartig aus, danke, dass du mich hierher gebracht hast. Ich habe wirklich Hunger bekommen nach unserem Spaziergang und all den Gesprächen.»

Während sie ihre Bestellungen aufgaben, glitten ihre Gespräche von allgemeinen Themen zu ihren persönlicheren Visionen und Hoffnungen für die Zukunft. Karl teilte seine Träume von einer ausgedehnten Friedensarbeit, die über Friedbachtal hinausging und globale Verbindungen umfasste.

«Ich möchte Brücken bauen, die Menschen über kulturelle und geografische Grenzen hinweg verbinden», erklärte er mit leuchtenden Augen.

Vincent hörte aufmerksam zu, beeindruckt von Karls Leidenschaft und seinem Engagement. Nach einer Weile nahm er selbst das Wort.

«Ich habe lange nicht über die Zukunft nachgedacht, zumindest nicht auf eine positive Weise. Aber heute, mit dir, beginne ich zu sehen, dass es noch so viel gibt, was ich tun könnte. Vielleicht sogar im Bereich der Friedensarbeit, auf eine Art, die meine militärische Erfahrung nutzt, um zu helfen und zu heilen.»

Karl nickte zustimmend.

«Das klingt nach einer kraftvollen Möglichkeit, Vincent. Deine Erfahrungen sind wertvoll, und sie könnten eine einzigartige Perspektive in die Friedensarbeit einbringen. Ich denke, das könnte wirklich etwas bewirken.»

Als das Essen kam, ließen sie die schweren Themen beiseite und genossen die Mahlzeit. Zwischen Bissen lachten sie über leichtere Anekdoten aus ihrem Leben, und das Gespräch floss natürlich und unbeschwert. Es war, als ob sie sich schon lange kannten, und jede neue Entdeckung über den anderen schien die Verbindung, die sie fühlten, nur zu vertiefen.

Der Abend neigte sich dem Ende zu, und als sie das Restaurant verließen, lag ein Gefühl der Zufriedenheit in der Luft.

«Danke für den schönen Abend, Karl», sagte Vincent, als sie auf die Straße traten. «Ich habe das wirklich gebraucht, mehr, als ich zugeben möchte.»

Karl lächelte und legte kurz seine Hand auf Vincents Arm.

«Ich auch, Vincent. Ich freue mich auf alles, was noch kommt.»

Langsam beugte sich Vincent hinab zu Karl, der ihm erwartungsvoll in die Augen blickte. Als ihre Lippen sich berührten, entwich Karl ein leiser Seufzer.

Danach verabschiedeten sie sich, beide erfüllt von Hoffnung.

Kapitel 6

Die Podiumsdiskussion, die an jenem Tag im Zentrum der Friedenswoche stand, versprach eine lebhafte Debatte über die Rolle des Militärs in internationalen Friedensmissionen. Vincent, dessen Erfahrungen aus erster Hand stammten, war von Karl ermutigt worden, daran teilzunehmen. Sie saßen zusammen in einer der hinteren Reihen des improvisierten Auditoriums, umgeben von einer Mischung aus lokalen Bürgern, Aktivisten und einigen wenigen Militärangehörigen in Zivil.

Als die Diskussion begann, fühlte Vincent sich zunächst sicher in seiner Rolle als stiller Beobachter. Doch als die Redner auf das Podium traten und ihre Argumente vorbrachten, begann seine Sicherheit zu bröckeln.

Eine Rednerin, eine bekannte Pazifistin und Kritikerin militärischer Interventionen, sprach besonders scharf über die Schäden, die durch militärische Präsenz in Konfliktgebieten verursacht werden.

«Wir müssen erkennen, dass das Militär oft nicht als Befrieder, sondern als Besatzer wahrgenommen wird. Ihre Anwesenheit kann den Konflikt verlängern, statt ihn zu beenden», argumentierte sie mit fester Stimme.

Vincent spürte, wie diese Worte ihn trafen. Er hatte sich stets als Friedensstifter gesehen, der in chaotische Regionen geschickt wurde, um Ordnung und Sicherheit zu bringen. Die Vorstellung, dass seine Bemühungen von anderen als Teil des Problems gesehen wurden, war schwer zu verdauen.

Neben ihm bemerkte Karl Vincents angespannte Körperhaltung. Er legte vorsichtig seine Hand auf Vincents Arm, ein stilles Angebot von Unterstützung. Vincent sah kurz zu Karl, ein flüchtiges Lächeln als Dank, bevor er sich wieder dem Podium zuwandte. Als die Diskussion für Fragen aus dem Publikum geöffnet wurde, kämpfte Vincent mit dem Impuls, sich zu verteidigen und seine Sichtweise zu erklären. Doch er hielt sich zurück, unsicher, ob seine Worte in diesem Umfeld auf Verständnis stoßen würden.

Nach der Veranstaltung zogen sich Karl und Vincent in ein ruhigeres Eck des Veranstaltungsortes zurück. Karl war der Erste, der das Schweigen brach.

«Das war ziemlich intensiv, nicht wahr? Wie fühlst du dich damit?»

Vincent seufzte tief, die Worte abwägend.

«Es ist hart, Karl. Ich verstehe ihre Punkte, wirklich. Aber es ist nicht alles so schwarz-weiß. Ich habe gesehen, wie die Präsenz des Militärs auch Gutes bewirken kann, wie sie Stabilität und Hilfe bringt.»

Karl nickte, seine Miene nachdenklich.

«Ich kann mir vorstellen, dass das schwer zu hören ist, besonders aus deiner Perspektive. Es ist wichtig, dass auch deine Stimme und deine Erfahrungen gehört werden. Vielleicht ist das eine Gelegenheit, Brücken zu bauen, zu zeigen, dass Verständnis von beiden Seiten kommen muss.»

Die beiden gingen zu Vincent nach Hause.

Kaum war die Tür geschlossen, konnten sie die Finger nicht voneinander lassen. Sie küssten einander hungrig, sehnsuchtsvoll. Schon bald versanken sie in einer innigen Umarmung auf Vincents Bett.

Diese Nacht sollte nur ihnen beiden gehören.

Der Tag begann früh für Elsa, die trotz der noch kühlen Morgenluft bereits auf den Beinen war, um die heutigen Veranstaltungen der Friedenswoche vorzubereiten. Ihre Augen waren müde und ihre Bewegungen etwas langsamer als üblich; die vergangene Nacht hatte ihr wenig Schlaf gegönnt. Nach einem heftigen Streit mit Jochen über ihre Rolle und Engagement bei der Friedenswoche fühlte sie sich zerrissen und ausgelaugt.

Karl traf Elsa, wie sie gerade dabei war, die letzten Informationsstände auf dem Marktplatz zu arrangieren. Er bemerkte sofort, dass etwas nicht stimmte. «Guten Morgen, Elsa. Du siehst erschöpft aus. Alles in Ordnung?»

Elsa seufzte und blickte kurz zu Karl auf, dann wieder zurück zu den Broschüren in ihren Händen.

«Guten Morgen, Karl. Ja, es war eine lange Nacht. Jochen und ich hatten eine Auseinandersetzung. Er versteht einfach nicht, warum ich so viel Energie hier reinstecke. Er sieht das alles… er sieht das alles nicht so wie ich.»

Karl legte die Kiste, die er trug, ab und trat näher zu ihr.

«Das tut mir leid zu hören, Elsa. Du weißt, ich schätze deine Arbeit hier sehr. Vielleicht fühlt Jochen sich ausgeschlossen oder versteht nicht ganz, was wir hier zu erreichen versuchen. Hast du versucht, ihn einzubeziehen?»

«Ich habe es versucht», antwortete Elsa, während sie einen Stapel Flyer glättete. «Aber du kennst Jochen. Er sieht die Welt durch seine Polizistenbrille. Alles muss Ordnung und Struktur haben, und was wir hier tun, scheint für ihn zu chaotisch und idealistisch.»

Karl nickte verständnisvoll.

«Es ist schwierig, wenn die Menschen, die uns nahestehen, unsere Leidenschaften nicht teilen. Aber vielleicht findet sich noch ein Weg, ihm zu zeigen, wie wichtig das hier ist, nicht nur für uns, sondern für das Wohl aller.»

«Ich hoffe es», murmelte Elsa und richtete sich auf, einen entschlossenen Blick in den Augen. «Danke, Karl. Es bedeutet mir viel, dass du hier bist und mich unterstützt.»

«Immer», erwiderte Karl mit einem aufmunternden Lächeln. «Übrigens, ich habe gestern Vincent getroffen. Er kam zu einigen Veranstaltungen, und wir haben ein bisschen gesprochen. Er scheint wirklich bemüht zu sein, die Dinge aus einer anderen Perspektive zu sehen. Wir haben eine wundervolle Nacht miteinander verbracht.»

Elsas Müdigkeit in ihren Augen wich kurz einem interessierten Funkeln.

«Vincent? Das ist doch der Freund, von dem du mir erzählt hast? Der Soldat? Wie geht es ihm damit, bei all dem hier mitzumachen?»

«Es ist eine Herausforderung für ihn, aber ich denke, es ist gut. Es öffnet ihm

die Augen, und ich glaube, es hilft ihm, einige Dinge zu verarbeiten», erklärte Karl. «Es ist gut, zu sehen, dass er sich öffnet. Er ist ein wunderbarer Mann.»
Beide lächelten sich an, gestärkt durch das gegenseitige Verständnis und den Trost, den sie sich bieten konnten. Mit neuer Energie widmeten sie sich den anstehenden Aufgaben, bereit, den Tag zu gestalten und zu meistern.

Kapitel 7

Der Abschluss der Friedenswoche sollte mit einer großen Zeremonie gefeiert werden, bei der die Gemeinde zusammenkommen und die Errungenschaften der Woche würdigen sollte. Karl und Vincent hatten sich früh eingefunden, um bei den letzten Vorbereitungen zu helfen. Sie waren beide voller Vorfreude, hatten aber auch ein bisschen Wehmut, da die intensive Woche zu Ende ging.

Während Karl die letzten Redner instruierte, bemerkte Vincent eine kleine Gruppe am Rand des Versammlungsplatzes, die sich sichtlich von den anderen abhob. Ihre Miene war nicht feierlich, sondern angespannt und missbilligend. Vincent, dessen militärisches Training ihn für solche Details sensibilisiert hatte, beobachtete die Gruppe genauer.

Plötzlich trat einer aus der Gruppe hervor und begann lautstark seine Missbilligung über die Veranstaltung und deren Botschaft zu äußern.

«Das hier ist reine Zeitverschwendung! Ihr versteht gar nichts von der realen Welt!», rief er aus, und einige seiner Begleiter stimmten in seinen Protest ein.

Die Situation eskalierte schnell, als weitere Personen sich der störenden Gruppe anschlossen. Die Atmosphäre, die bisher von Frieden und Gemeinschaftssinn geprägt war, drohte zu kippen. Karl eilte zu Vincent, um die Lage zu besprechen.

«Wir müssen etwas tun, um das hier zu beruhigen, bevor es außer Kontrolle gerät», sagte er besorgt.

Vincent nickte und trat dann, getrieben von seinem Pflichtgefühl und seiner militärischen Erfahrung, vor, um die Situation zu deeskalieren.

«Meine Damen und Herren, bitte, lassen Sie uns friedlich diskutieren», begann er mit fester Stimme, doch die Protestierenden schienen nicht gewillt, ihm zuzuhören.

In diesem Moment trat Karl neben Vincent und sprach mit ruhiger, aber bestimmter Stimme: «Wir sind hier alle zusammengekommen, um zu lernen und zu wachsen, nicht um uns zu streiten. Lasst uns eine Möglichkeit finden, unsere Differenzen zu besprechen, ohne die Feierlichkeiten zu stören.»

Seine Worte hatten eine gewisse Wirkung. Einige Zuhörer begannen zu nicken, und die Spannung ließ nach. Karl und Vincent nutzten diesen Moment, um einige der lauteren Protestierenden zu einem separaten Gespräch einzuladen, weg von der Menge.

Mit viel Fingerspitzengefühl und Geduld gelang es ihnen, die Gemüter zu beruhigen und ein offenes Gespräch zu führen. Obwohl nicht alle überzeugt waren, stimmten die meisten zu, die Veranstaltung friedlich weiterlaufen zu lassen.

Als die Zeremonie schließlich fortgesetzt wurde, waren Karl und Vincent dankbar für die überstandene Herausforderung.

Sie hatten gemeinsam eine kritische Situation gemeistert, und ihre Fähigkeit, zusammenzuarbeiten und einander zu unterstützen, war gestärkt worden. Dieser Vorfall hatte ihnen beiden gezeigt, wie wichtig ihre Arbeit war und wie sehr sie darauf angewiesen waren, gemeinsam für den Frieden einzustehen.

Kapitel 8

Die Friedenswoche war zu Ende gegangen, und die letzten Banner wurden von den Straßen Friedbachtals entfernt. Karl und Vincent saßen in einem kleinen Café nahe dem Flussufer, wo sie die Ereignisse der vergangenen Tage reflektierten und Pläne für die Zukunft schmiedeten. Die Luft war erfüllt von einem Gefühl der Zufriedenheit über das Erreichte, doch auch eine gewisse Melancholie schwang mit, da die intensive gemeinsame Zeit nun einem ruhigeren Alltag weichen sollte.

Während sie über mögliche Projekte sprachen, die sie zusammen angehen könnten, um die Ideen der Friedenswoche weiterzutragen, trat eine unerwartete Figur in ihr Blickfeld.

Ein Mann mittleren Alters, in ziviler Kleidung, aber mit der aufrechten Haltung eines Soldaten, näherte sich ihrem Tisch. Sein Gesicht zeigte ein gezwungenes Lächeln, als er Vincent direkt ansprach.

«Vincent? Vincent Miller?», fragte der Mann mit einer Stimme, die sofort Vincents Aufmerksamkeit erregte. Vincent sah auf und sein Gesicht verlor für einen Moment jede Farbe.

«Markus? Markus Brenner? Was… was machst du hier?», stammelte Vincent, sichtlich überrascht und nicht gerade erfreut über das Wiedersehen.

Markus setzte sich ohne Einladung zu ihnen.

«Ich bin auf Geschäftsreise hier. Aber als ich hörte, dass du auch in der Stadt bist, konnte ich nicht widerstehen, dich zu suchen. Ich wollte sehen, wie es dem Helden nach all den Jahren geht.»

Sein Tonfall hatte einen sarkastischen Unterton, der Karl dazu brachte, genauer hinzuhören.

Karl, der die plötzliche Anspannung spürte, reichte Markus höflich die Hand.

«Ich bin Karl, ein Freund von Vincent. Schön, dich kennenzulernen.»

Markus' Blick auf Karl war prüfend, fast misstrauisch, als er dessen Hand ergriff.

«Ein Freund, hm?» Markus zog eine Augenbraue hoch, «Vincent hat nie viel von Freunden erzählt. Besonders nicht von solchen…» Er machte eine vage Geste, die Karl nicht ganz einordnen konnte.

Die Atmosphäre am Tisch wurde merklich kühler. Vincent, der sich bemühte, die Fassung zu wahren, versuchte das Gespräch auf neutraleres Terrain zu lenken.

«Markus war bei der Armee mit mir, wir haben einige Zeit zusammen gedient», erklärte er Karl, der sich bemühte, die Verbindung zwischen den beiden zu verstehen.

«Ja, und jetzt habe ich gehört, du verbringst deine Tage mit Friedensmärschen und was nicht alles?», fuhr Markus fort, sein Ton skeptisch und herausfordernd. «Das ist ein ziemlicher Wandel, Vincent. Ich hätte nie gedacht, dass ich dich hier in solch einer Gesellschaft finde.»

Vincent spürte, wie die alten Verteidigungswälle in ihm hochkamen. Er war bereit, sich zu erklären und zu verteidigen, doch er wusste auch, dass er vorsichtig sein musste. Markus war nicht jemand, der leicht nachgab oder Veränderungen akzeptierte. Dieses Wiedersehen, so zufällig es auch schien, versprach kompliziert zu werden.

Nachdem Markus sich mit einer Mischung aus Skepsis und kaum verhohlener Geringschätzung vorgestellt hatte, verabschiedete er sich mit der Ankündigung, dass er noch einige Tage in der Stadt sein würde und hoffte, Vincent wiederzusehen. Seine Worte ließen etwas Unerledigtes in der Luft hängen.

Nachdem Markus gegangen war, sah Karl, wie Vincent sichtlich mit sich kämpfte, seine Fassung zu bewahren.

«Vincent, wer genau ist Markus für dich? Es scheint, als gäbe es da eine Geschichte, die ich nicht kenne», sagte Karl vorsichtig, bemüht, seinen Freund nicht zu bedrängen, aber auch das Bedürfnis spürend, die Situation zu verstehen.

Vincent seufzte tief und lehnte sich zurück, sein Blick verlor sich kurz im Fluss, der ruhig vor ihnen dahinfloss.

«Markus war einst ein enger Kamerad», begann er langsam, «aber unsere Wege haben sich in mehr als einer Hinsicht getrennt. Er hat eine sehr bestimmte Sicht auf die Welt, eine, die wenig Raum für Veränderung oder Zweifel lässt. Nachdem ich die Armee verlassen hatte, haben wir den Kontakt verloren, und ehrlich gesagt, war das für mich in Ordnung so.»

Karl nickte, sein Gesichtsausdruck einer von Verständnis.

«Und jetzt taucht er wieder auf, gerade in einem Moment, wo du neue Wege gehst. Das muss hart sein.»

«Ja, es ist… kompliziert», gab Vincent zu. «Ich bin nicht mehr derselbe Mensch, der ich war, als wir zusammen gedient haben. Die Dinge, die ich hier mit dir und durch die Friedenswoche erlebt habe, haben meine Sichtweise verändert. Aber Markus… er erinnert mich an eine Zeit, die ich hinter mir lassen wollte.»

Karl legte eine Hand auf Vincents Arm, ein stummer Ausdruck der Solidarität.

«Was auch immer zwischen euch vor-gefallen ist, ich bin hier für dich, Vin-cent. Vielleicht gibt es eine Möglichkeit, dass du und Markus einen gemein-samen Nenner findet, oder zumindest eine Art Frieden miteinander schließt.»

Vincent lächelte schwach, dankbar für Karls Unterstützung.

«Ich hoffe es. Vielleicht ist es an der Zeit, dass wir unsere Vergangenheit endgültig klären. Ich möchte, dass er sieht, dass Veränderung möglich ist – auch für ihn.»

Einige Tage später arrangierte Karl ein Abendessen in einem lokalen Restaurant, in der Hoffnung, dass eine neutrale Umgebung eine friedlichere Atmosphäre für eine Aussprache zwischen Vincent und Markus bieten könnte. Er lud beide Männer ein, unter dem Vorwand, dass es eine gute Gelegenheit sei, alte Differenzen beizulegen und vielleicht neue Brücken zu bauen.

Als der Abend kam, trafen sich die drei Männer im Restaurant. Die Spannung war von Anfang an spürbar, besonders als Markus mit einer offensichtlichen Reserviertheit eintraf, die seine anfängliche Freundlichkeit von ihrem letzten Treffen dämpfte. Karl bemühte sich um eine lockere Konversation, um das Eis zu brechen, aber die Antworten von Markus waren kurz und oft scharf.

Nachdem das Essen bestellt war, entschied sich Vincent, das Gespräch auf die Probleme zu lenken. «Markus, ich weiß, dass unsere Vergangenheit und unsere Ansichten uns in verschiedene Richtungen geführt haben. Aber ich hoffe, wir können hier heute Abend etwas klären», begann er, seine Stimme bemüht ruhig zu halten.

Markus, der kurz zuvor noch mit einem Glas Wein beschäftigt gewesen war, setzte sein Glas ab und fixierte Vincent mit einem durchdringenden Blick.

«Vincent, ich werde nicht so tun, als ob alles in Ordnung ist. Deine neue Lebensweise, diese Friedenssache – ich verstehe nicht, wie du dich so sehr verändern konntest. Wir waren Soldaten, wir haben für Dinge gekämpft, die größer sind als wir selbst. Wie kannst du jetzt auf einmal den Krieger in dir verleugnen?»

Vincent spürte, wie erneut alte Verteidigungsmuster hochkamen, aber er atmete tief durch, bevor er antwortete.

«Es geht nicht darum, den Krieger zu verleugnen, Markus. Es geht darum, zu erkennen, dass es mehr als einen Weg gibt, Frieden und Sicherheit zu schaffen. Was wir bei der Armee getan haben, war wichtig, aber ich habe gesehen, dass es auch andere, weniger destruktive Wege gibt, um Konflikte zu lösen.»

Karl, der das Gespräch aufmerksam verfolgte, fügte hinzu: «Es ist mutig, sich neuen Perspektiven zu öffnen, Markus. Veränderung ist nicht einfach, aber sie ist oft notwendig, um weiterzuwachsen.»

Markus schüttelte den Kopf, sichtlich frustriert.

«Das klingt für mich nach Aufgabe, nicht nach Wachstum. Du gibst die harten Lektionen auf, die wir gelernt haben, Vincent.»

Das Gespräch wurde hitziger, als die drei Männer tiefer in ihre unterschiedlichen Überzeugungen eintauchten. Die Stimmen wurden lauter, und andere Gäste im Restaurant begannen, sich umzudrehen.

Schließlich atmete Vincent tief durch und sagte: «Markus, ich respektiere unsere Vergangenheit und was wir durchgemacht haben. Aber ich kann und will nicht in der Vergangenheit leben. Ich suche nach einem Weg vorwärts, der weniger Leid verursacht.»

Die Diskussion endete ohne eine klare Lösung, und die Stimmung blieb angespannt. Markus verließ das Restaurant kurz darauf, und Karl und Vincent blieben zurück, um das Geschehene zu verarbeiten.

Es war klar, dass die Kluft zwischen den alten Freunden tief war, und obwohl Vincent hoffte, Markus' Verständnis zu gewinnen, war er sich nun bewusster denn je, dass einige alte Brücken vielleicht nicht wiederaufgebaut werden könnten.

Nachdem Markus das Restaurant verlassen hatte, saßen Karl und Vincent noch einige Zeit schweigend nebeneinander. Die Luft zwischen ihnen war schwer mit den unausgesprochenen Worten und der Enttäuschung über das, was gerade geschehen war. Vincent fühlte sich erschöpft, nicht nur physisch, sondern auch emotional. Die Konfrontation mit Markus hatte alte Wunden aufgerissen, die er gedacht hatte, längst überwunden zu haben.

Karl, der spürte, wie tief die Worte von Markus Vincent getroffen hatten, brach schließlich das Schweigen.

«Vincent, es tut mir leid, dass das Gespräch so gelaufen ist. Ich hatte gehofft, dass wir vielleicht...» Seine Stimme driftete ab, unsicher, wie er seine Enttäuschung ausdrücken sollte.

Vincent schüttelte den Kopf und gab Karl ein schwaches Lächeln.

«Es ist nicht deine Schuld, Karl. Ich wusste, dass es nicht einfach werden würde. Markus hat seine eigenen Dämonen, mit denen er kämpfen muss, genau wie ich. Vielleicht war es zu viel zu hoffen, dass er verstehen könnte, warum ich mich verändert habe.»

Die beiden Männer zahlten ihre Rechnung und verließen das Restaurant, die kühle Nachtluft empfing sie wie eine Erleichterung von der angespannten Atmosphäre, die sie hinter sich ließen. Sie schlenderten langsam Hand in Hand durch die nächtlichen Straßen von Friedbachtal, jeder in seinen Gedanken versunken.

«Weißt du, Karl», begann Vincent nach einer Weile des Schweigens, «heute Abend hat mir gezeigt, dass der Weg, den ich eingeschlagen habe, der richtige für mich ist. Auch wenn es nicht immer leicht ist und manchmal bedeutet, dass man Menschen aus seiner Vergangenheit loslassen muss.»

Karl nickte, seine Augen voller Mitgefühl und Verständnis.

«Veränderung ist ein Prozess, Vincent. Und manchmal ist Teil dieses Prozesses, zu erkennen, dass nicht jeder diesen Weg mit uns gehen kann. Aber denk daran, du bist nicht allein. Du hast Freunde, du hast Menschen, die an dich glauben und die dich unterstützen.»

Vincent blickte auf, die letzten Worte von Karl trafen einen Kern in ihm.

«Danke, Karl. Deine Freundschaft bedeutet mir sehr viel. Mehr, als ich ausdrücken kann.»

Kapitel 9

Die friedliche Stimmung im kleinen Café am Rande von Friedbachtal war ein scharfer Kontrast zu den turbulenten Ereignissen der vergangenen Tage. Vincent und Karl saßen an einem abgelegenen Tisch, umgeben von dem sanften Summen alltäglicher Gespräche und dem gelegentlichen Klirren von Kaffeetassen.

Sie waren hier, um zu planen und zu reflektieren, und vor allem, um die Grundsteine für Vincents neues Projekt zu legen: eine Selbsthilfegruppe für ehemalige Soldaten, die Schwierigkeiten hatten, sich wieder in das zivile Leben einzufinden.

Vincent faltete die Hände und blickte nachdenklich aus dem Fenster.

«Es fühlt sich an, als würde ich endlich etwas tun, das wirklich zählt», begann er, seine Stimme voller Entschlossenheit. «Ich möchte, dass diese Gruppe ein Ort wird, an dem wir offen sprechen können, ohne Urteile, ohne Vorbehalte. Ein Raum, in dem Verständnis und Unterstützung die Eckpfeiler sind.»

Karl, der Vincents Ausführungen aufmerksam folgte, nickte zustimmend.

«Das ist eine großartige Vision, Vincent. Und ich glaube, es gibt hier in der Gemeinde einen echten Bedarf dafür. Viele kommen zurück und wissen nicht, wohin sie gehören oder wie sie die Dinge, die sie erlebt haben, verarbeiten sollen.»

«Genau das ist es», sagte Vincent, während er einen Schluck Kaffee nahm. «Ich habe selbst am eigenen Leib erfahren, wie schwer es ist, sich wieder einzugliedern. Nach all den Jahren im Dienst fühlt man sich verloren. Und wenn dann noch Leute wie Markus auftauchen, die einem das Gefühl geben, man hätte sich irgendwie verraten...»

Seine Stimme brach kurz ab, bevor er sich wieder fing. «Es verstärkt nur das Gefühl der Isolation.»

Karl legte eine Hand auf Vincents Arm, ein stilles Zeichen der Unterstützung.

«Lass uns also damit beginnen, einige Ideen zusammenzutragen. Hast du schon darüber nachgedacht, wie die Treffen strukturiert sein sollten?»

Vincent zog ein kleines Notizbuch aus seiner Tasche.

«Ich habe einige Gedanken dazu notiert. Zunächst dachte ich an wöchentliche Treffen. Wir könnten mit einer offenen Diskussionsrunde beginnen, bei der jeder die Möglichkeit hat, zu sprechen. Dann vielleicht einige strukturierte Aktivitäten oder Vorträge, die spezifische Themen abdecken, wie Stressbewältigung, berufliche Neuorientierung oder auch familiäre Herausforderungen.»

«Das klingt sehr durchdacht», erwiderte Karl. «Und was die Räumlichkeiten angeht, könnten wir vielleicht den Gemeindesaal nutzen. Ich kenne den Pastor persönlich, und ich bin sicher, er würde uns unterstützen.»

«Das wäre ideal», stimmte Vincent zu. «Ein neutraler Ort könnte den Teilnehmern helfen, sich wohler zu fühlen. Es ist wichtig, dass sich der Raum sicher und einladend anfühlt.»

Die beiden verbrachten die nächsten Stunden damit, ihre Pläne weiter auszuarbeiten. Karl half dabei, potenzielle Redner und lokale Therapeuten zu identifizieren, die bereit wären, bei den Treffen zu sprechen oder Workshops zu leiten. Sie diskutierten auch Marketingstrategien, um sicherzustellen, dass die Informationen diejenigen erreichten, die am meisten davon profitieren könnten.

Einige Tage nach dem Treffen im Café traf sich Vincent mit Elsa, um die weiteren Schritte für seine Selbsthilfegruppe zu planen. Elsa, die schon von den

Plänen gehört hatte, war beeindruckt von Vincents Engagement und wollte aktiv zur Unterstützung beitragen. Sie trafen sich in einem kleinen Park in der Nähe des Gemeindezentrums, wo die Frühlingsblumen gerade zu blühen begannen, eine perfekte Kulisse für ein Gespräch über Neuanfänge und Wachstum.

«Ich finde es wirklich bewundernswert, was du auf die Beine stellen möchtest, Vincent», begann Elsa, während sie auf einer Bank unter einem blühenden Kirschbaum saßen. «Und ich denke, dass ein öffentliches Forum eine fantastische Möglichkeit wäre, um das Bewusstsein zu schärfen und andere zu ermutigen, sich zu öffnen.»

Vincent lächelte dankbar.

«Das bedeutet mir viel, Elsa. Ich hoffe, dass wir eine Plattform schaffen können, die nicht nur hilft, sondern auch inspiriert. Viele von uns tragen diese Lasten allein, und es ist Zeit, dass wir das ändern.»

Elsa nickte, während sie einen Notizblock herausholte.

«Ich habe bereits einige Gedanken dazu, wie wir das organisieren könnten. Wir könnten das Forum in der Stadthalle abhalten. Es gibt dort genug Platz, und es ist zentral gelegen, was sicherstellt, dass wir eine gute Teilnehmerzahl erreichen.»

«Das klingt großartig», erwiderte Vincent. «Was die Inhalte angeht, so dachte ich, wir könnten eine Mischung aus Vorträgen und interaktiven Workshops anbieten. Vielleicht könnten wir auch andere ehemalige Soldaten einladen, ihre Geschichten zu teilen. Das würde der Veranstaltung mehr Tiefe und Vielfalt verleihen.»

«Genau», sagte Elsa und machte sich einige Notizen. «Und vielleicht könnten wir auch Experten aus den Bereichen Psychologie und soziale Arbeit einbeziehen. Ihre Fachkenntnisse wären enorm wertvoll, um den Teilnehmern praktische Ratschläge und Unterstützung anzubieten.»

Die Planung nahm schnell Form an, und beide waren begeistert von den Möglichkeiten. Sie diskutierten auch, wie sie die Veranstaltung bewerben könnten, von lokalen Zeitungen bis hin zu sozialen Medien. Elsa bot an, das Design für das Werbematerial zu übernehmen, und Vincent stimmte begeistert zu.

Während sie weiterplauderten und Ideen austauschten, fühlte Vincent, wie eine Last von seinen Schultern fiel. Mit Karls Unterstützung und nun auch Elsa aktiv an seiner Seite wuchs sein Vertrauen in das Projekt und in seine Fähigkeit, tatsächlich einen Unterschied zu machen.

Kapitel 10

Während Vincent und Elsa mit Zuversicht und Energie an der Organisation des Forums arbeiteten, begann Markus, seinen eigenen, weniger sichtbaren Einfluss auszuüben. Der Neid und die zurückgehaltene Wut über Vincents neues Leben und dessen Nähe zu Karl verstärkten seine Entschlossenheit, zu intervenieren. Markus hatte lange mit seinen eigenen verborgenen Gefühlen für Vincent gekämpft, Gefühle, die er sich selbst nie eingestanden hatte, da er glaubte, dass solche Empfindungen nicht akzeptabel seien.

Sein Unbehagen wurde durch die sichtbare Verbindung zwischen Karl und Vincent nur noch verstärkt. Markus, der sich selbst eine solche Nähe niemals erlaubt hatte, sah in Vincents Glück eine Bedrohung seiner eigenen unterdrückten Wünsche.

Er begann, seine Kontakte zu nutzen, um Informationen über Vincent zu sammeln und diese geschickt zu manipulieren, um Misstrauen zu säen.

Markus kontaktierte ehemalige Kameraden und Bekannte aus Vincents Militärzeit, die bereit waren, ihm zuzuhören. Er erzählte ihnen, dass Vincent jetzt andere beeinflusste und dabei seine Vergangenheit verriet. Er deutete an, Vincent sei unehrlich in seinen Absichten und nutze seine neue Rolle aus persönlichen Interessen.

Die Gerüchte, die Markus streute, waren subtil, aber zerstörerisch. Sie malten ein Bild von Vincent, das von zweifelhaften Motiven und fragwürdigem Charakter gezeichnet war.

In der lokalen Gemeinde begannen diese Gerüchte, Früchte zu tragen. Einige ehemalige Soldaten, die ursprünglich Interesse an der Selbsthilfegruppe gezeigt hatten, zogen sich zurück.

Die Anonymität und die scheinbare Glaubwürdigkeit der «Informationen», die Markus lieferte, ließen seine Worte überzeugend wirken. Das Misstrauen wuchs, und die einst so vielversprechende Initiative schien unter einem schlechten Stern zu stehen.

Vincent und Karl saßen in einem kleinen Besprechungsraum im Gemeindezentrum und blickten auf eine Reihe leerer Stühle. Sie hatten zu einem weiteren Treffen der Selbsthilfegruppe eingeladen, doch die Resonanz, die noch vor wenigen Wochen so positiv gewesen war, hatte merklich nachgelassen. Die beiden Männer waren ratlos und enttäuscht, als die Uhr tickte und kaum jemand den Raum betrat.

«Das ist seltsam», murmelte Vincent, während er seine Notizen durchging. «Die ersten Treffen waren gut besucht, und die Rückmeldungen waren durchweg positiv. Ich verstehe nicht, was passiert ist.»

Karl, der neben ihm saß, runzelte die Stirn in nachdenklicher Besorgnis.

«Vielleicht sind es nur Zufälle? Terminkonflikte oder etwas Ähnliches? Es könnte viele harmlose Erklärungen dafür geben.»

Vincent schüttelte den Kopf, sichtlich frustriert.

«Es fühlt sich anders an, Karl. Als ob etwas im Hintergrund passiert, das wir nicht sehen. Die E-Mails und Anrufe, die ich erhalte, sind weniger geworden, und einige Leute, die sehr engagiert waren, haben sich plötzlich zurückgezogen, ohne wirkliche Erklärung.»

Karl lehnte sich zurück und dachte nach.

«Das ist beunruhigend. Aber wir sollten nicht voreilig Schlüsse ziehen. Lass uns weitermachen und sehen, wie wir die Leute wieder motivieren können. Vielleicht müssen wir unsere Strategie ändern oder noch einmal genau nachhaken, warum die Leute nicht mehr kommen.»

Vincent nickte, wenn auch nicht überzeugt.

«Du hast recht. Lass uns proaktiv sein. Wir könnten eine Umfrage unter den bisherigen Teilnehmern starten, um herauszufinden, ob es spezifische Gründe für ihre Abwesenheit gibt. Vielleicht sind es ja tatsächlich nur zeitliche Überschneidungen oder Missverständnisse.»

Die beiden beschlossen, den Abend nicht als Verlust zu sehen, sondern als Gelegenheit, mehr darüber zu lernen, wie sie ihre Zielgruppe besser erreichen und bedienen konnten. Sie verbrachten den Rest des Abends damit, einen neuen Plan zu entwickeln, einschließlich einer direkten Kommunikationskampagne, um Feedback zu sammeln und das Interesse an der Gruppe neu zu entfachen.

Während sie ihre Strategie anpassten, ahnten sie nicht, dass Markus hinter den Kulissen agierte. Seine subtilen Einflüsse und die von ihm gesäten Zweifel begannen, Wirkung zu zeigen, und er beobachtete aus der Ferne, zufrieden mit den ersten Anzeichen seines Erfolgs.

Doch für Karl und Vincent blieben seine Machenschaften verborgen, verhüllt durch den alltäglichen Trubel und die scheinbar plausiblen Erklärungen für die plötzlichen Veränderungen in der Resonanz ihrer Initiative.

Kapitel 11

In den Tagen nach dem enttäuschend schlecht besuchten Treffen arbeiteten Vincent und Karl intensiv daran, die Gründe für die plötzliche Abwendung der Teilnehmer zu verstehen. Sie starteten eine kleine Umfrage per E-Mail, riefen einige der regelmäßigen Teilnehmer direkt an und planten sogar persönliche Treffen, um direktes Feedback zu erhalten.

Die ersten Antworten waren vage und nichtssagend, was Vincent weiterhin beunruhigte. Einige Teilnehmer äußerten allgemeine Bedenken bezüglich der «aktuellen Stimmung» oder «neuen Informationen», die sie gehört hätten, gingen aber nicht ins Detail.

Vincent spürte, dass etwas unter der Oberfläche brodelte, das nicht einfach durch Zufall oder Missverständnisse erklärt werden konnte.

Entschlossen, dem Ganzen auf den Grund zu gehen, schlug Karl vor, dass sie ein offenes Forum abhalten könnten, bei dem die Teilnehmer ermutigt würden, offen über ihre Bedenken zu sprechen.

«Vielleicht, wenn sie in einer Gruppe sind, fühlen sie sich sicherer, ihre wahren Gründe zu teilen», überlegte Karl.

Vincent stimmte zu, und sie setzten das Forum für das nächste Wochenende an. Sie bewarben die Veranstaltung als eine Chance, die Zukunft der Gruppe zu gestalten und sicherzustellen, dass sie die Bedürfnisse aller Mitglieder erfüllte.

Als der Tag des Forums ankam, waren sie unsicher, wie viele Personen erscheinen würden.

Überraschenderweise war die Beteiligung groß. Es schien, als hätte die offene Einladung dazu geführt, dass sich viele der zurückgezogenen Mitglieder doch entschlossen, zu kommen und ihre Meinungen zu äußern. Als das Forum begann und die Diskussion anlief, kam schließlich die Wahrheit ans Licht.

Ein Teilnehmer, der zunächst zögerlich wirkte, sprach schließlich aus, was viele dachten: «Es sind Gerüchte im Umlauf. Über Vincent. Dass er vielleicht nicht die besten Absichten hat, dass er...» Seine Stimme verklang, als er den Blick Vincents traf.

Vincent fühlte einen Stich im Herzen, aber er blieb ruhig.

«Bitte, seid offen. Diese Gruppe basiert auf Vertrauen. Wenn ihr Bedenken habt, lasst uns sie jetzt ansprechen.»

Ein älterer Mann namens Schmidt, der sich anfangs zurückgehalten hatte, räusperte sich und stand langsam auf. Seine Hände zitterten leicht, als er zu sprechen begann.

«Ich habe gehört...», seine Stimme war leise, aber fest, «dass Vincent während seiner Zeit im Militär in einige fragwürdige Aktionen verwickelt war. Dass er Befehle erteilt hat, die… nun, die nicht ganz sauber waren.» Seine Augen suchten Vincents, als suchte er dort nach einer Bestätigung oder Verneinung.

Eine junge Frau, die bisher nur zugehört hatte, nickte und fügte hinzu: «Ja, und es gibt Gerüchte, dass Vincent hier ist, nicht weil er helfen will, sondern weil er eine neue Plattform sucht, um Einfluss zu gewinnen. Dass all dies hier», sie machte eine Geste, die den Raum und die anwesenden Personen umfasste, «nur eine Fassade ist. Ein Weg für ihn, seine Vergangenheit zu bereinigen und sich selbst in einem besseren Licht darzustellen.»

Ein weiterer Teilnehmer, ein jüngerer Mann mit ernstem Gesichtsausdruck, sprach von weiteren Gerüchten: «Ich habe gehört, dass er eigentlich von der Regierung unterstützt wird. Dass all diese Treffen Teil eines größeren Plans sind, um uns zu überwachen oder zu kontrollieren. Dass Vincent immer noch im Dienst ist, in einer Art, die wir nicht verstehen.»

Die Anschuldigungen und Spekulationen schwirrten durch den Raum wie ein wachsender Sturm. Jede neue Bemerkung schien das Fundament, das Vincent und Karl mühsam aufgebaut hatten, weiter zu untergraben.

Vincent stand auf, seine Haltung war ruhig, aber seine Augen brannten vor der Notwendigkeit, seine Integrität zu verteidigen.

«Ich verstehe, dass diese Gerüchte beunruhigend sind. Aber ich versichere euch, dass nichts davon wahr ist. Mein Dienst im Militär war ehrenhaft, und meine Absichten hier sind es auch. Ich bin zurückgekommen, weil ich glaube, dass ich meine Erfahrungen nutzen kann, um zu helfen, nicht zu schaden. Alles, was ich tue, tue ich, um dieser Gemeinschaft etwas zurückzugeben.»

Karl trat neben Vincent, seine Unterstützung zeigend.

«Wir werden diesen Gerüchten auf den Grund gehen», versprach er der Gruppe. «Es ist wichtig, dass wir alle Fakten haben, bevor wir Urteile fällen. Vincent und ich sind hier, um transparent zu sein und alle eure Fragen zu beantworten.»

Das Treffen endete mit einem Aufruf zur Vorsicht im Umgang mit unbegründeten Informationen und einem Versprechen, weiterhin offen und ehrlich miteinander zu kommunizieren. Trotz der offenen Diskussion blieben Zweifel, und Vincent wusste, dass er und Karl in den kommenden Tagen noch viel Arbeit vor sich hatten, um das Vertrauen wiederherzustellen und die Wahrheit vollständig ans Licht zu bringen.

Kapitel 12

Markus stand allein in der kühlen Dämmerung seines Wohnzimmers, die Hände tief in den Taschen seiner Jacke vergraben, den Blick starr auf die leere Straße vor seinem Fenster gerichtet. Die Nachrichten der letzten Tage hatten ihn zutiefst getroffen; trotz all seiner Bemühungen, Vincent zu diskreditieren, hatte die Selbsthilfegruppe nicht nur überlebt, sondern blühte weiter auf. Er sah, wie die Gemeinde sich um Vincent und Karl scharte, ihre Unterstützung öffentlich und enthusiastisch bekundend. Es war, als ob jeder seiner Schritte, jede seiner Manipulationen nur dazu gedient hatte, die Bindungen, die er zu zerstören versucht hatte, noch zu stärken.

Die Frustration und Wut, die sich in ihm aufgebaut hatten, erreichten einen Siedepunkt. Markus konnte nicht mehr tatenlos zusehen, wie Vincent, der Mann, den er einst als Bruder angesehen hatte und dessen Nähe er sich insgeheim immer gewünscht hatte, alles erreichte, was ihm selbst verwehrt blieb.

Die Gerechtigkeit, die er für sich selbst forderte, war in seinen Augen eine Verdrehung der Realität geworden, in der Vincent der Bösewicht war, der alles bekam, und er, Markus, der Zurückgelassene, der alles verlor.

In einer Nacht der Unruhe fasste Markus einen gefährlichen Entschluss. Wenn Worte und Gerüchte nicht ausreichten, um Vincent zu Fall zu bringen, dann vielleicht Taten. Vielleicht brauchte es eine dramatischere Demonstration, um allen zu zeigen, dass Vincent nicht der Held war, für den alle ihn hielten.

Er plante, sich dem nächsten öffentlichen Treffen anzuschließen, das Karl und Vincent organisiert hatten, um die jüngsten Gerüchte zu adressieren und die Ziele ihrer Mission zu verdeutlichen. Markus wusste, dass dies seine letzte Chance sein könnte, etwas zu bewirken.

Am Tag des Treffens betrat Markus das Gemeindezentrum, seine Schritte fest und entschlossen, sein Herz pochend vor Adrenalin. Die Halle war gefüllt mit Menschen, die gekommen waren, um zu hören, was Vincent und Karl zu sagen hatten. Markus scannte den Raum, sein Blick fiel auf die beiden Männer, die vorne standen, umgeben von Anhängern und Bewunderern.

Als die Präsentation begann und Karl die ersten Worte sprach, fühlte Markus, wie die Wut in ihm aufkochte. Jedes Wort, das Karl aussprach, jede Geste, die Vincent machte, schien Markus in seiner Überzeugung zu bestärken, dass dies nicht ungestraft bleiben durfte. Er bewegte sich langsam durch die Menge, seine Augen fest auf sein Ziel gerichtet, unbemerkt von den anderen, die zu sehr damit beschäftigt waren, den Worten von Karl und Vincent zu lauschen.

Markus' Plan war einfach und doch verzweifelt. Er würde Konfrontation suchen, die Wahrheit so darstellen, wie er sie sah, und wenn nötig, zu drastischeren Maßnahmen greifen. Er wusste, dass dies zu einem Bruch führen könnte, einer unumkehrbaren Veränderung, aber in seinem verwirrten Geist war das ein notwendiges Übel. Heute Abend würde alles enden,

Kapitel 13

Das Gemeindezentrum summte vor gespannter Erwartung, als Karl und Vincent ihre Präsentation über die Ziele und den positiven Einfluss ihrer Selbsthilfegruppe fortsetzten. Die Raumluft war erfüllt von einem Gemisch aus Neugier und Hoffnung, da viele Teilnehmer gekommen waren, um Unterstützung zu finden und ihre eigenen Geschichten zu teilen.

Während Karl über die zukünftigen Pläne sprach und Vincent gelegentlich ergänzte, sah man viele nickende Köpfe und hörte zustimmendes Gemurmel.

Inmitten dieser positiven Atmosphäre bewegte sich Markus unauffällig näher an das Podium heran, sein Blick fest auf Vincent gerichtet, der gerade mit einem Teilnehmer sprach. Sein Herz schlug heftig gegen die Brustwand, sein Geist war gefüllt mit einem brennenden

Gefühl der Ungerechtigkeit und des Verrats. Markus hatte genug von dem, was er als Scheinheiligkeit empfand. Heute Nacht würde er die Maske fallen lassen, die Vincent, seiner Meinung nach, vor der Welt verbarg.

Als ein passender Moment kam, in dem die Aufmerksamkeit des Publikums kurz nachließ, trat Markus vor, seine Stimme laut und durchdringend: «Genug von diesem Unsinn!

Seine Worte hallten durch den Raum und rissen alle Anwesenden aus ihren Gesprächen. Augenblicklich wurde es still, alle Blicke richteten sich auf ihn.

Karl, überrascht und besorgt, trat vor, um die Situation zu beruhigen.

«Markus, bitte, wenn du Bedenken hast, können wir darüber sprechen, aber dies ist weder der Zeitpunkt noch der Ort.»

Doch Markus ließ sich nicht abweisen.

«Nein, Karl! Jeder hier sollte wissen, wer der wahre Vincent ist. Ein Mann,

der uns alle täuscht, der seine Vergangenheit verbirgt und uns glauben
macht, er wäre unser Retter!»
Seine Stimme war schneidend, jede
Silbe betont mit bitterer Emotion.
Vincent, der bis dahin ruhig geblieben
war, trat nun ebenfalls vor, seine Miene
ernst, aber kontrolliert.
«Markus, ich weiß nicht, was dich zu
diesen Anschuldigungen veranlasst,
aber ich versichere dir, dass alles, was
wir hier tun, ehrlich und offen ist.»
«Lügen!» Markus schnappte. Er konnte
sich nicht mehr beherrschen, seine
ganze aufgestaute Wut und Enttäuschung brachen hervor. Ohne weitere
Vorwarnung stürmte er auf Vincent zu,
angetrieben von einer blinden Rage.
Die Situation eskalierte schnell, als
Markus versuchte, Vincent körperlich
anzugreifen. Die Umstehenden reagier-
ten schockiert, einige versuchten einzu-
schreiten.

Karl sprang dazwischen, um Vincent zu schützen, was dazu führte, dass er selbst von Markus heftig gestoßen wurde. Karl stürzte unglücklich gegen die Kante eines Stuhls und fiel dann schwer zu Boden.

Ein Aufschrei ging durch die Menge, als Karl regungslos liegen blieb, während Vincent und zwei weitere Anwesende sich bemühten, Markus unter Kontrolle zu bringen. Die Polizei wurde gerufen, und innerhalb kurzer Zeit trafen Beamte ein, um Markus festzunehmen und sich um Karl zu kümmern.

Das Gemeindezentrum, das noch vor Minuten ein Ort der Hoffnung und des Austauschs gewesen war, verwandelte sich in einen Schauplatz des Chaos und der Sorge.

Während die Sanitäter sich um Karl kümmerten, der schwer verletzt war, stand Vincent da, erschüttert von der plötzlichen Gewalt und den weit-

reichenden Folgen von Markus' Handlungen.

Kapitel 14

Die kühle Nachtluft füllte den Kranken-
hausflur, als Vincent an Karls Bett saß,
umgeben von dem leisen Piepen der
medizinischen Geräte. Karl lag dort,
sein Zustand stabil, aber ernst, nachdem die Ärzte ihm versichert hatten,
dass er sich erholen würde, es jedoch
Zeit brauchen würde. Die Gewalt des
Angriffs hatte nicht nur körperliche,
sondern auch emotionale Wunden
hinterlassen, sowohl bei Karl als auch
bei Vincent.

Vincent fühlte sich erschöpft, seine
Gedanken wirbelten chaotisch. Die
Ereignisse des Abends hallten immer
noch in seinem Kopf wider, jedes Wort,
jeder Schrei, der Moment, in dem Karl
zu Boden ging. Die Schuld wog schwer
auf ihm; er fragte sich, ob es etwas gab,
was er hätte tun können, um diesen
Ausbruch zu verhindern. Er wusste,

dass Markus' Handlungen seine allei-
nige Verantwortung waren, aber der
Gedanke, dass sein eigenes Engagement zur Eskalation beigetragen haben
könnte, ließ ihn nicht los.

Während er dort saß, tauchten Mitglieder der Gemeinde im Krankenhaus auf.
Einige brachten Blumen, andere Karten,
alle zeigten ihre Unterstützung und
Sorge um Karl. Ihre Anwesenheit war
ein stilles Zeugnis der Gemeinschaft,
die sich trotz der jüngsten Ereignisse
um sie herum gebildet hatte. Sie kamen,
um ihre Solidarität mit Karl und Vincent zu zeigen, um zu bestätigen, dass
sie die Gewalt, die ausgebrochen war,
nicht akzeptieren würden.

Unter den Besuchern war auch Elsa, die
tief betroffen war von dem, was geschehen war. Sie setzte sich zu Vincent, ihre
Hand sanft auf seiner Schulter.

«Wie geht es dir?», fragte sie leise, ihre
Stimme voller Mitgefühl.

Vincent schüttelte den Kopf, nicht sicher, was er sagen sollte.

«Ich weiß es nicht, Elsa. Ich fühle mich verloren. Alles, was wir aufgebaut haben, dieses Forum, unsere Pläne… es fühlt sich an, als ob alles auseinanderfällt.»

Elsa nickte verständnisvoll.

«Es ist hart, das alles zu sehen. Aber du musst wissen, dass das, was heute passiert ist, nicht das Ende bedeutet. Es ist ein schrecklicher Vorfall, ja, aber es zeigt auch, wie wichtig unsere Arbeit ist. Wir können jetzt nicht aufgeben, Vincent. Wir müssen weitermachen, für Karl, für die Gemeinde und für uns.»

Vincent blickte auf, getroffen von ihren Worten. Langsam begann er, die Tragweite dessen zu verstehen, was sie sagten.

Ja, es gab Rückschläge, und der Weg war gefährlich geworden, aber die Notwendigkeit ihrer Mission war umso deutlicher geworden. Er nickte langsam, ermutigt durch Elsas Worte und die Unterstützung der Gemeinde.

In den Tagen nach dem Vorfall und während Karls langsamem Genesungsprozess kamen Vincent und Elsa zusammen, um eine größere Veranstaltung zu planen, die sowohl die Solidarität der Gemeinde demonstrieren als auch die Fortführung und Expansion ihrer Selbsthilfegruppe symbolisieren sollte. Sie wollten ein klares Zeichen setzen, dass Gewalt und Hass keinen Platz in ihrer Mission hatten und dass die Gemeinschaft stärker als je zuvor zusammenstehen würde.

Vincent fühlte sich durch die Unterstützung der Gemeinde ermutigt. Die überwältigende Resonanz auf das tragische Ereignis hatte eine neue Welle des Engagements ausgelöst, die er in positive Bahnen lenken wollte.

«Wir brauchen ein Event, das nicht nur Karl ehrt, sondern auch das Bewusstsein und die Einheit innerhalb der

Gemeinde fördert», sagte Vincent entschlossen, während er und Elsa im kleinen Büro der Gemeindezentrale die Details durchgingen.

«Ich denke, wir sollten eine Mischung aus informativen Vorträgen, Workshops und kulturellen Darbietungen anbieten», schlug Elsa vor, während sie durch ihre Notizen blätterte. «Das könnte eine gute Möglichkeit sein, verschiedene Aspekte unserer Gemeinschaft zu beleuchten und zugleich eine Plattform für Diskussion und Heilung zu bieten.»

Vincent nickte zustimmend.

«Ja, und wir sollten auch sicherstellen, dass wir genügend Raum für persönliche Geschichten lassen. Es ist wichtig, dass die Stimmen derjenigen gehört werden, die direkt betroffen sind. Ihre Erlebnisse und ihr Mut können andere inspirieren und helfen, das Bewusstsein zu schärfen.»

Elsa lächelte.

«Genau. Und ich denke, wir sollten das Event im Freien abhalten, auf dem großen Platz vor dem Gemeindezentrum. Es wäre symbolisch, den Platz mit Hoffnung und Licht zu füllen, gerade an einem Ort, der kürzlich Schauplatz von Dunkelheit war.»

In den folgenden Wochen arbeiteten Vincent und Elsa unermüdlich, um die Veranstaltung zu organisieren. Sie kontaktierten Sprecher, darunter Psychologen, ehemalige Soldaten und Sozialarbeiter, und luden lokale Künstler ein, die durch Musik und Kunst zur Atmosphäre der Veranstaltung beitragen könnten.

Während Vincent tagsüber an den Vorbereitungen arbeitete, verbrachte er die Abende oft bei Karl im Krankenhaus, berichtete ihm von den Plänen und dem positiven Feedback, das sie erhielten. Karl, obwohl noch schwach, zeigte sich berührt und ermutigt durch die Entschlossenheit der Gemeinde.

«Das zeigt nur, wie stark wir wirklich sind, wenn wir zusammenhalten», murmelte er eines Abends.

Der Tag der Solidaritätsveranstaltung brach an, ein klarer und sonniger Morgen, der die Plätze und Straßen von Friedbachtal in ein warmes Licht tauchte. Der große Platz vor dem Gemeindezentrum war bereits früh am Morgen lebendig mit den Klängen des Aufbaus und den Stimmen der vielen Freiwilligen, die dabei halfen, die Bühne und die Stände für das bevorstehende Event zu errichten.

Vincent stand am Rande des Platzes, beobachtete die Vorbereitungen und fühlte eine tiefe Zufriedenheit in sich aufsteigen. Um ihn herum summte die Gemeinde vor Aufregung und Anteilnahme. Überall hingen Banner, die Slogans wie «Gemeinsam stark» und «Frieden beginnt hier» trugen.

Die lokale Presse war ebenfalls vor Ort, bereit, über das Event zu berichten, das in der Gemeinde bereits viel Aufmerksamkeit erregt hatte.

Elsa trat zu Vincent, ihr Gesicht strahlte vor Stolz und Vorfreude.

«Schau dir das alles an, Vincent. Es ist unglaublich, was wir erreicht haben. Ich denke, das wird wirklich etwas bewegen.»

Vincent nickte, sein Blick schweifte über die Menge, die langsam größer wurde.

«Ja, das wird es. Ich bin so dankbar für all die Unterstützung. Es zeigt, dass trotz allem, was passiert ist, Hoffnung und Zusammenhalt siegen können.»

Als die Uhr den Beginn der Veranstaltung verkündete, trat eine lokale Tanzgruppe auf die Bühne, gefolgt von Musikern, die Lieder spielten, die Themen von Frieden und Gemeinschaft behandelten. Die Atmosphäre war elektrisierend, jede Darbietung trug dazu bei, die Stimmung der Anwesenden zu heben und eine Botschaft der Einheit zu verstärken.

Nach den kulturellen Darbietungen war es Zeit für die Reden. Vincent war einer der Hauptredner. Als er die Bühne betrat, wurde er von einem warmen Applaus empfangen. Er blickte in die Menge, sah die erwartungsvollen Gesichter und spürte eine Welle der Entschlossenheit durch sich hindurchfluten.

«Heute stehen wir hier zusammen, um ein Zeichen zu setzen», begann Vincent, seine Stimme fest und klar. «Ein Zeichen gegen Gewalt und für die Kraft der Gemeinschaft. Was wir hier in Friedbachtal haben, ist etwas Besonderes. Es ist eine Bindung, die nicht durch Hass oder Misstrauen gebrochen werden kann.»

Vincent sprach über seine Vision, über die Bedeutung von Dialog und Verständnis.

Er teilte persönliche Geschichten aus der Selbsthilfegruppe, Geschichten von Leid, aber auch von Heilung und Hoffnung. Er sprach von Karl, der im Krankenhaus kämpfte, und wie sein Mut alle inspirierte, die Hürden zu überwinden.

Als die Veranstaltung zu einem Ende kam, versammelten sich die Teilnehmer zu einem symbolischen Akt: Sie verbanden ihre Hände, formten eine lange Menschenkette, die den Platz umspannte, ein lebendiges Symbol der Solidarität und des gemeinsamen Willens, eine friedlichere, inklusivere Gemeinschaft zu schaffen.

Die Solidaritätsveranstaltung wurde nicht nur ein lokaler Erfolg, sondern auch ein persönlicher Triumph für Vincent, ein Beweis dafür, dass aus den tiefsten Tiefen der Verzweiflung eine starke und vereinte Gemeinschaft hervorgehen kann. Es war ein Tag, der lange in Erinnerung bleiben würde, ein

Tag, der Friedbachtal veränderte und zeigte, dass selbst im Angesicht der Dunkelheit das Licht der Hoffnung niemals erlischt.

Epilog

Einige Monate waren vergangen seit dem Tag der Solidaritätsveranstaltung, und Friedbachtal hatte sich nicht nur erholt, sondern war stärker und verbundener geworden. Die Selbsthilfegruppe hatte sich zu einem festen Bestandteil der Gemeinde entwickelt, mit regelmäßigen Treffen und einer stetig wachsenden Teilnehmerzahl. Vincent und Karl, nun nicht mehr nur Freunde, sondern feste Partner, waren das Herzstück dieser neuen Bewegung. Karl hatte sich vollständig von seinen Verletzungen erholt, und die Erfahrungen hatten ihre Beziehung vertieft. Die beiden Männer teilten nun nicht nur ihre Hoffnungen und Träume, sondern auch ihr tägliches Leben, unterstützt von einer Gemeinde, die sie für ihre Stärke und ihren Mut bewunderte.

An einem warmen Frühlingsabend saßen Karl und Vincent auf der kleinen Veranda ihres gemeinsam gekauften Hauses, blickten auf die blühenden Gärten und genossen die Stille, die nur durch das sanfte Zirpen der Grillen unterbrochen wurde. Ihre Hände waren ineinander verschränkt, ein stiller Ausdruck der Liebe und des gegenseitigen Vertrauens.

«Weißt du, was ich am meisten schätze?», begann Karl, während er in die Sterne blickte. «Dass all das, durch das wir gegangen sind, uns hierher geführt hat. Zu diesem friedlichen Ort, nicht nur hier draußen, sondern auch in unseren Herzen.»

Vincent nickte, sein Kopf an Karls Schulter gelehnt.

«Ja, es war ein langer Weg. Aber ich glaube, alles hatte seinen Grund. Die Herausforderungen, die Kämpfe… sie haben uns gezeigt, was wirklich wichtig ist. Und sie haben uns stärker gemacht.»

«Ich denke, das größte Geschenk, das wir erhalten haben, ist die Fähigkeit, wirklich zu verstehen und verstanden zu werden», sagte Vincent nachdenklich. «Das und die Gewissheit, dass, egal was passiert, wir uns immer aufeinander verlassen können.»

Karl drückte Vincents Hand fester.

«Und dass Liebe, in all ihren Formen, wirklich heilen kann. Sie hat uns geheilt.»

Die beiden versanken in einem tiefen, leidenschaftlichen Kuss.